子ども　詩のポケット 41
りんごあかり
成本和子

りんごあかり

もくじ

Ⅰ　りんごあかり

Ⅱ　かみさまのメモ

Ⅲ　四行詩

Ⅳ　散文詩

noriko. h

I

りんごあかり

ヒバリ

ヒバリの声は金のいろ
声　ふる　ふる　ふる
しぶきとなって
みずいろの空から
ピチクル
ピチクル
ピチクル
はじける声

声　ふる　ふる　ふる
ひかりとなって
みずいろの空から
　ピチクル
　　　ピチクル
ピチクル
いのちの声
空は大きな耳となる

タンポポお花見

小さな植木鉢のなか
いっぽんのびた茎《くき》の先
ぱあっと咲いた
タンポポの花　ひとつ

どこから飛んできたの
タンポポのたね
風のブランコにのってきたのかな
おさんぽこねこの
しっぽについてきたのかな

机の上にかざったら
こびとの国のお日さまみたい
タンポポお花見してる　わたし
テントウムシさんの気持ちになったのよ

十センチ　ジャンプ！

風にゆれてる
ネコジャラシの葉っぱのさき
白くはためいているのは何かしら

こびとのほした　せんたくもの？
妖精《ようせい》の忘れた　レースのチュチュ？

あっ　わかったよ
ショウリョウバッタの脱《ぬ》いだ
まっ白いシャツ

からっぽになっていても
輝《かがや》いてる

いいもの見つけて
わたしのこころ
十センチ　ジャンプ！

五月の風は

ラベンダーの穂先《ほさき》をゆらし
ウスバカゲロウの羽をゆらし
すずやかな
飲みものになってゆくよ

さらさら　しゅわわ
さらさら　しゅわわ

プラタナスの葉先《はさき》をゆらし
こうまのたてがみをゆらし
さわやかな
飲みものになってゆくよ

さらさら　しゅわわ
さらさら　しゅわわ

あなたのまつげにふれた風
わたしのこころをふるわせて
透《す》き通った
飲みものになってゆくよ

さらさら　しゅわわ
さらさら　しゅわわ

五月の風は
メロンスカッシュ

こころの部屋

すかっと晴れた初夏の空へ
両手をあげて
思いっきり背のびすると
コトッと開《あ》いた
こころのドア

窓という窓　開け放ち
きょうは
こころの部屋の大そうじ

くよくよむしを追いだそう
もやもやむしも追いだそう

すきっと片づいた机のうえの
クリスタルグラスに
ツユ草の花　いちりん飾《かざ》ると
清らかな風が吹きこんだ
こころの部屋　いっぱいに

白さぎおじさん

あたま　ひくひく　足　つっつっつ
広がる緑の田のなかを
白さぎおじさん　パトロール

「稲さん　ごきげんいかがです」
細首《ほそくび》ゆらしあいさつしてる
稲の葉先の露の玉
きらり光って答えてる

あぜ道にあがって骨やすめ
とんがりくちばし空へ向け
なにを思ってるの
彫刻《ちょうこく》のように動かないで

「小ぶな一ぴき　どじょう二ひき
ごちそうになりました」
真っ白い羽を広げて舞いあがる
晴れ渡った七月の大空へ

みどりの　おはじき

みてよ　みて　おかあさん
やさいのオクラをきざむとね
コトコトコトッ　コトコトコトッ
小鳥のあし音みたい
はねるよ　はねる
みどりの　おはじき

このあいだまで
おぼろお月さまの色をした
五まいの花びらゆらせていたのに

ほらね　ほら　おかあさん
わたしの大すきなお手伝い
コトコトコトッ　コトコトコトッ
小鳥のいのちの音みたい
うたうよ　うたう
みどりの　おはじき

花の折り紙

だれが　たたんだの
折り紙のように
きりっと　たたんで
くるくる　まいた
あさがおの蕾《つぼみ》のなかから
こぼれてきたよ
ちょうちょのはねの音より
もっと　もっと　ちいさな声
「まっててね」

だれが　ひらいたの
折り紙のように

ぱらっと　ひらいて
ふるふる　ゆれた
あさがおの花のなかから
あふれてきたよ
ふうりんのゆれる音より
もっと　もっと　すずしい声
「おはよう！」

たたんで　ひらいて
花の折り紙したのはだあれ

それは　それはね
やさしい風の手
きっと　きっとね
大きな　大きな　光の手

ことばって　ふしぎ！

糸とんぼって
声にのせると
ことばが　きらっと　かがやいて
せせらぎの音も聞こえてくるよ

糸わかめって
声にのせると
ことばが　ほわっと　いろづいて
潮《しお》の香りもただよってくるよ

糸すすきって
声にのせると
ことばが　さらっと　ゆらめいて
風の姿も見えてくるよ

とんぼ　わかめ　すすき
ちいさな　ことばの　うえに
糸っていう字の帽子《ぼうし》のせると
まわりの景色もふくらんで
やさしい　ひびきに　なってくる

ことばって　ふしぎ！

はたけの　かみさま

朝露にぬれて草を抜く
ふわあと立ちのぼる
青い匂《にお》い
ふかふかの土のなかから
ぴんぴん　はねあがる　みみず
とれたての小魚《こざかな》のように

はたけの　みみずは
小さな　おひゃくしょうさん
鎌《かま》も鍬《くわ》も使わないで
ただ　もくもくと
大地を耕《たがや》しているんだね

細いからだ　くねらせて
あなたは
みみずの姿をした
はたけの　かみさま

ねむりねこ

ふっくら　ふっくら
ひだまりいろに　くるまれて
老《お》いたねこは　ねむる

かぜに　みがかれ
ゆめに　みがかれ
じかんに　みがかれて

からだじゅうが　まあるくなり
つめのさきまで　まあるくなり
こころのなかも　まあるくなり

ふっと　みみがゆれるのは
ゆめのなか
ねこのよぶこえ　きこえるから

ふっと　しっぽがゆれるのは
ゆめのなか
のはらのかぜが　さそうから

すうすう　すうすう
すなどけいの　ながれるような
しずかな　ねいき
ねこどし百さいの　ねむりねこ

りんごあかり

りんご　ひとつ
むねに　だいて　おもうこと
きのう　いちにち
りんごのように　まろやかな
こころであったかと

りんご　ひとつ
むねに　だいて　おもうこと
きょう　いちにち
りんごのように　つややかな
こころでありたいと

りんご　ひとつ
むねに　だいて　おもうこと
あした　いちにち
りんごのように　さわやかな
こころになれたらと

ああ　ともしたい
こころのなかに
ほんのり　あかるい
りんごあかりを

Ⅱ　かみさまのメモ

小さな　あいさつ

ひかり　あふれる公園
おさな児《ご》は呼びかける
はじけるような声をあげ
ポッポ　オイデ　アソボー
ポッポ　オイデ　アソボー
おぼえたばかりの言葉で鳩《はと》を呼ぶ

羽を虹色にかがやかせ
かわいい足あと地面《じめん》にえがき
小首をひくひく
　クックッ　クウ
クックッ　クウ
鳩はひくく歌って答える

ああ　明るい空の下
やわらかなものたちが
たがいに抱《だ》きしめている
たった　ひとつの
たった　ひとつの
いのちと　いのち
奏《かな》であう　いのちと　いのちの
小さな　あいさつ

若葉月《わかばづき》の水たまり

若葉の香り　さやかに匂う
雨あがりの並木道
プラタナスの樹《き》の下に
まるくひろがる水たまり

ここは蒼《あお》く澄んだ湖
まっさかさまに　そびえ立つ
厳《おごそ》かなプラタナスの樹

いままで知らなかった
こんなにも深い世界を
水たまりは映《うつ》していたなんて

夢のベールにつつまれて
音もなくゆれ合う葉のかげ
あっ　一羽の白い小鳥

ああ　この小鳥
さくらんぼ色のくちばし閉じて
遠い国へ旅立った
幼い日　飼《か》っていた　わたしの小鳥よ

あなたは来ていたの
しーんと静かな水たまりの世界へ
めぐりめぐって会えたのね
若葉の香る　雨あがりの朝に

矢車草《やぐるまそう》の花

朝空のにおい吸いこんだ
矢車草の花　青いろの花
花の天使　露の玉まぜて
作ったガラスのお花でしょうか

ミルクのにおい吸いこんだ
矢車草の花　白いろの花
花の天使　そよ風うけて
作ったレースのお花でしょうか

夕空のにおい吸いこんだ
矢車草の花　ももいろの花
花の天使　いのち吹きこみ
作ったガラスのお花でしょうか

空豆ばたけ

いちめんに広がる空豆ばたけ

銀色にかがやく幾千の葉っぱのかげから
はるかな水いろの空を
うっとり仰《あお》ぎ見ている
うす青い花の瞳《ひとみ》よ

今は　もういない　おばあちゃん
苗をいっしょに植えたとき
わたしに教えてくれた

空豆ばたけは
この世にただよう魂《たましい》が
甦《よみがえ》りを待つ神聖《しんせい》な場所だよと

はたけで生まれた
モンシロ蝶　ひとつ
かぜにさそわれ舞ってゆく
ゆらゆらゆらゆらと

おばあちゃんと呼びかけたいような――

ちょうちょ

ちょうちょの　ちいさなしんぞうは
凍《こお》りついた
こんなに　かなしいきもちになったのは
うまれてはじめて

神さまにいただいた
まるい羽《はね》
このかたちが　だいすきだった

でも　このかたちを　まねた
地雷《じらい》がつくられてしまった
にんげんの手によって

こどもたちの手や足
命までうばってしまう
恐ろしい兵器

つくらないで　つくらないで
ちょうちょは　叫《さけ》びつづけている
声にならない声をしぼって
ぼろぼろになった羽をふり
叫びつづけている
いのち果《は》てるまで

こねこの瞳《ひとみ》に

こねこを抱《だ》くと
ふわっとひろがる
野原のにおい
チョコレート色の鼻のさき
ひやっと胸にしみてくる

まわりの空気をさやさやゆらし
野原のむこうから風が吹いてくる
こねこが遠い日
まだひとひらの風だったとき
いっぽんの草の葉さきを
そよがせた風かしら

ああ　こねこの瞳にうつっている
赤ちゃんの瞳にうつるような
ちっちゃな　ちっちゃな
わたしの顔がうつっている
この世でいちばん深くて清い
瞳という小さな湖《みずうみ》に

こねこを抱くと
ほわっとつたわってくる
手に柔《やわ》らかないのちの重さ
ともに生きてゆく
ぬくもりに包《つつ》まれる

蟬

朝の空気をふるわせ
声の波紋《はもん》は広がってゆく
幾百ぴきの蟬を止まらせたケヤキから
　シャワシャワシャワ
　シャワシャワシャワ
声は銀色のしぶきをあげ
人の声も車の音ものみこみ
いちだんと高まってゆく
　シャアシャアシャア
　シャアシャアシャア
声のシャワーを身に浴びて
見上げるわたしも蟬になる

うす青い透《す》き通った羽をした
　シャンシャンシャン
　シャンシャンシャン
声が燃《も》える
樹の葉も燃える
いのちも燃える
蟬はいっしんに
夏の真直中《まっただなか》を生きている

声のピリオド

コンクリートに固められた
道のはしっこ
あおむけに転《ころ》がっている
いっぴきのアブラゼミ

すくいあげる手のなか
ジッと鳴いた
ただ　ひとこえ

いのちのかぎり
夏を歌い通し
声のピリオドを打つように

アブラににじんだ
羽はやぶれ
働き者のセミだったのね

まだ生きてるんだと
脚《あし》をふり
わたしの指に合図《あいず》をおくる

生まれでた
土へお還《かえ》りと
そっと　置く
風にそよぐ樹《き》の根もとへ

雨降る夜のこねこ

細い雨　降りしきる夜
草はらから聞こえてくる
こねこの　かぼそいなき声
ここにいるよ　ここにいるよというように

ふるえるからだを　よこたえる
ハンカチほどの居場所をもとめ
おそってくる飢《う》えをしのぐ
スプーンいっぱいの食べものをもとめ
どれほど歩き続けてきたのか
ああ　すべてを満たしてくれる
母ねこのあのぬくもりをもとめて

どれほどさまよい続けてきたのか

この世の哀《かな》しみを
ちいさなからだのなかに
すっぽり飲みこんでしまったように
なき声は叫《さけ》びにかわり
叫びは光る一本の針となり
毛布《もうふ》にくるまっているわたしの
胸に突きささる
存在《そんざい》することの痛みとなって

こねこは
いったい
何にむかって
叫び続けているのだろうか

虫月夜《むしづくよ》

スイッチョン
　スイッチョン

キキョウの花かげから
聞こえてくるよ　虫の声
すうと涼しい
ペパーミントの香り

そっと近づくと
あなたはみどりの羽をつけた
おしゃれなテノール歌手
どこからきたの　わたしの庭に

月の光を浴びながら
じぶんの歌をうたってる
わたしも奏《かな》でたい
透《す》き通った歌を
ひとすじに　ひとすじに

桃ひとつ　てのひらに

香《かぐ》わしい桃ひとつ
てのひらにのせると
こころのなかも桃いろに染《そ》まる

やわらかな果肉《かにく》につつまれた
種の勁《つよ》さに
秘《ひ》められた意志をおもう

したたる果汁《かじゅう》は
だれのなかにも棲《す》むという
鬼をもなだめてしまうのか

太古《たいこ》から積もる豊饒《ほうじょう》の地にはぐくまれ
深山《みやま》から吹いてくる風にみがかれた
この　みずみずしい果実《かじつ》よ

果樹園の朝にただよう
ぴりりとした霊気《れいき》
わたしのなかにも
まんまるく実ろうとする果実は在《あ》るか

コオロギ

夜明けの果樹園は
声の海
おじいちゃんと並んで
耳を澄ます

地面から
湧《わ》きあがる
声は水蒸気《すいじょうき》とともに
フィリーフィリーリーリー
ヒュリーヒュリーヒュリーリーリー
フィリーフィリーリーリーリー
声は昇《のぼ》りゆく

見えない無数の柱となり
空の果てまで
フィリーフィリーリーリー
ヒュリーヒュリーヒュリーリーリー
フィリーフィリーリーリー
声は水蒸気とともに
湧きあがる
地面から

夜明けの果樹園は
声の海
おじいちゃんと並んで
心を澄ます

かみさまのメモ

蝶《ちょう》の羽のもようは
かみさまの記《しる》されたメモ
光のなかに透《す》かしてみると
かくされている謎《なぞ》の文字《もじ》
浮かびあがってくるかしら

風にほほえむ
かのこゆりの花びらのなかにも
波にさまよう
さくら貝のからのなかにも
闇《やみ》を吸いほのかにひかる

ほたる石のなかにも
ひそやかに描《えが》かれているメモ

ああ　手をひらいてみると
てのひらのなかにも
水脈《すいみゃく》のように刻《きざ》みこまれている
かみさまのたいせつな
たいせつなメモがある

Ⅲ　四行詩

花の楽章

さよさよさよと風が吹き
わたしの胸の奥深く
花のつぼみもふくらむと
いのちの萌《も》える香りただよう

チューリップの花のなかで
生まれたの　風の赤ちゃん
テントウムシの羽音《はおと》より　まだまだ小さな
うぶ声が聞こえてきたよ

光あふれる窓辺に咲いた
ニオイスミレの花ふたつ
春の魔法で舞いあがり
むらさきチョウチョになあれ

たんぼのあぜ道　花行列
タンポポ遠足　どこゆくの
おそろいぼうしかぶって
タンタン　ポポポ　タンポポポ

クローバーの葉っぱ　ハートの形
お日さま向かって手をふっている
白い花のなかにいるのは
ちいさな　ちいさな　花天使

タンポポ　ほわた
まあるい花かご　夢の花かご
ひかりをあびて風に乗り
さあ　出発！　未来へ向けて

しゃくやくの花びらは
うすももいろの羽よ
ほのかな香りを抱いて
朝空へはばたけ　はばたけ　香りの小鳥

鳥のさえずり　雨のつぶやき
つつみこみ
桃の花咲く満開に
山はふんわりふくらんでゆく

そら豆の花に
瞳《ひとみ》を描いたのはだれかしら
地上から天を仰ぐ
あこがれ秘《ひ》めた花の瞳よ

夕空にいちばん星ひかるころ
ほっ　ほっ　ほっ……
スズランらんぷに　あかりがともる
あっ　花のうた声あふれてくる

わたしの胸の　花園《はなぞの》に
芽ばえたばかりの　ことばのふた葉
新しいつぼみとなって
咲いてよ　咲いて　ことばの花に――

風の楽章

あなたの文字は風にそよぐ若葉
さやかな芽吹きの香りがする
開いた手紙の上にきらめいて
ひらひらおどる胸のなか

今　この星のどこを吹いているの
赤ちゃんだったころ
ゆりかごをゆらしてくれた風のなごりは
おかあさーんと叫びたくなる

雛鳥《ひなどり》のうぶ毛を
ふわりとゆらすとき
ふと　かいま見た
風のほほえみ　風のかなしみ

青空を見上げていると
あなたの気配がした
風は香りの運び人《びと》
かなたに描《えが》くふたりの夢を

机の上の巻貝ひとつ
風の合図《あいず》か　ころんところぶ
ざぶんと波が広がって
こころのなぎさをひたひた洗う

南天《なんてん》の花がこぼれる
真綿色《まわたいろ》にけぶる雨のなか
ふうと聞こえる風の息
遠くで鳴くか　こねこの細い声

夜明けの原野《げんや》を吹きぬける
風のさけびのなかに聴《き》く
水のささやきにも似た
ひとの産声の余韻《よいん》を

ヤツデの若葉は
赤ちゃんのにぎりこぶし
みどりの風の応援《おうえん》うけて
もうすぐ開いてバンザイ！

すずかぜにかすかにゆれる
ふうせんかずらの青い実は
風の赤ちゃん眠っている
夢みるちいさなゆりかごよ

夕かぜにゆれている
マーガレットの真白い花は
ゆかた姿の姉妹のような
湯上がりの匂いもただよって

ちろちろちろちろ木もれび舞って
風が描くよレースの模様《もよう》
小枝で憩《いこ》う小鳥のように
あなたとふたりで並んでいたい――

声の楽章

チューリップの花のなか
キラキラと幼い日の声があふれでる
生まれてはじめて描いた花は
お日さま色したチューリップの花だったから

ヒバリは時代の音を
織《お》り込みさえずるという
ヒバリの声のなか
戦いの爆音《ばくおん》が交《ま》じりませんように

あなたと眺《なが》めた夕やけ
ふたりで誓《ちか》った声
あんず色の空へと吸いこまれてゆく
とどくといいね　あのいちばん星へ

白い葉うらをひるがえし
ブドウの木もれびゆれるなか
今は　もういない
おかあさんの声の匂いほのかに

ジー　ツクツクボーシ　ツクツクボーシ……
ギィーオース　ギィーオース　ジリー
あっ　鳴き声は起承転結《きしょうてんけつ》
きょうの先生　ツクツク法師《ぼうし》さまよ

なぎさを　はだしで走る
青セロファンの海草　指にからまり
返して寄せる波のしぶき
ああ　生まれてくる　新しいうた

夜明けの野原を
吹きわたる風のなか
ふと　聞いた　あなたの声
夢のなごりにつつまれて

フィフィフィ　笛を吹く小鳥
声がひかる　声がおどる
月夜の銀のしずくでみがかれたのか
胸にしぶきがふりかかる

雨の音は水のささやく声かしら
悟《さと》りを開いたお坊さんのように目を閉じ
ふたつの耳をアンテナにして
聞き入っているか老いた猫

この世へ生まれたあいさつが
産声《うぶごえ》という泣き声ならば
あの世へかえるあいさつは
みんなみな笑い声ならいいのにね

さらさらさらり　さらさらり
竹をしならせ身ふるわせて
笹《ささ》の葉の調《しら》べ　はるかな声よ
水の流れる音にも似て――

光の楽章

ふんわりおくるみにくるまれた
赤ちゃんのやさしい重さ
うなじのあたりに　ただよう
ああ　かぐわしい　いのちの香り

たっぷり眠って目ざめた赤ちゃん
宙《ちゅう》に遊ぶ指は花びら
光のつぶつぶつかんだよ
ほーら笑った　かがやくように

乳母車《うばぐるま》のなかの赤ちゃん
まばたきもしないで追っている
生まれたばかりのモンシロチョウを
赤ちゃんのみつめているもの　なあに

最敬礼してのぞいてくる
朝顔のふた葉
だれにあいさつしているの
抱かれていた土に　お日さまに

草の葉に招かれて
しずかに宿る露の玉
朝日をあびてキラッ
サインを送ったのは　だあれ

野原のひかりをまとい　やってきたこねこ
おはじきほどの貝がらひとつ
おみやげのように口にくわえて
魔法がとけたら宝石になるかしら

イチモンジセセリの羽に
模様《もよう》を描いたのはだれかしら
銀色文字のサインもあるよ
きょうのちいさな　わたしの発見

好きよと言えない言葉を抱《だ》いていると
胸のなかでさなぎになった
あなたのもとへ舞っていってよ
ハートのかたちの蝶になって

三色すみれの苗を植えている
遠い日のお母さんの背なかを想《おも》うと
光のなかで振り向く笑顔《えがお》
ああ　こんなにも近くにいたの　お母さん

宇宙に浮かぶ地球も　ひとつのたまご
闇《やみ》に抱かれ　光に包まれ
生まれる　生まれる　新しいいのち
生きよ　生きよと歌声　ひびけ

キラッをメモするノートは言葉の苗床《なえどこ》
光をそそぎ　風にそよがせ
水をそそいで　つややかな実を結ばせたい
胸にひろがる果樹園に——

Ⅳ　散文詩

窓の神さま

「窓にはちっちゃな神さまがおいでなさる」　おばあちゃんは窓ガラスをきゅっきゅっとみがきながらいう。いっしんにみがけば自分のこころの景色がくっきり映ってくるんだって。大きな窓にも小さな窓にも　四角の窓にも丸い窓にも　古い窓にも新しい窓にも　よくみがかれた窓には赤ちゃんの小指ほどの透き通った神さまが　窓枠《まどわく》なんかにちょこんと腰かけて番人のように見張っていらっしゃるんだって。

おばあちゃんは仙人《せんにん》みたいな年とった神さまだというけれど　わたしは小さな女の子の姿をした神さまだと思うよ。だって　いつか窓辺で聞いたことがあるんだもの。ブルーのベルフラワーが涼しい風にさそわれて鳴ったような澄んだ歌声を。

窓の神さまは窓から出入りするあらゆるものを　きびしくチェックしていらっしゃるのかしら。いつか　ものしずかな糸トンボのお客さまが風といっしょにたずねてきた時も　野原のにおいのする灰色こねこが夕やけいろに包まれてきた時も　窓の神さまは通された。

そしてね　このあいだ針をかくした足長バチがゆらゆらと入ってきたのはちっちゃな神さまが　ついうとうととうたたねをされていたのかな。いやいやちがう。針だって神さまからいただいたものだもの。使い方を間違ってはいけないよって通されたんだよね。きっと――。

虫のお経《きょう》

いっぴきのコオロギがはってくる。生えかけの羽はレースのボレロ。後あしをちりちりふるわせながら農薬を散布《さんぷ》したまわりの畑から　おじいちゃんの畑へと。かぼそい触覚《しょっかく》をしなだらせ　ひょろっとよろけネコジャラシの草かげへ横たわって動かない。幼い弟がつぶやく。指さして。

ジジ※　シンデルヨ

風に呼ばれたのか触覚がぴりっと動いた。生まれ出た土を呼んでいるのかあし先がぴりぴりけいれんする。ただ一度も羽をすり合わせとどけることのできなかった歌。羽はかすかに光をおびているのに。

ジジ　シンデルケド

ホントハ　イキテルヨ

わたしの全身を電流が走る。脳死《のうし》という言葉が頭のなかを回転する。コオロギに声かけることも　手に掬《すく》うこともできなくて　ただ見つめるばかり。

ア　マタキタヨ

おじいちゃんの畑は農薬を使わないから　近くの畑から弱った虫たちが引っ越してくるのだろうか。口をもしゃもしゃ動かし声にならないお経を唱《とな》えながら。空にはパラフィン紙のような昼の半月がすこし傾《かたむ》いて浮かんでいる。

※ジジ　幼児語で虫のこと

小蟹《こがに》の光景

何かに誘《さそ》われ　わたしは夜明けの庭に出た。あっ　つくばいの縁《ふち》に紅色《べにいろ》のはさみをした二ひきの小蟹。いや　脱皮《だっぴ》を終えたばかりの小蟹と脱いだ殻《から》が向き合っている。長い旅を終え　はるかな物語りでもしているように。

脱皮とは蟹にとって一まわり成長するための　まさに大仕事。あけぼのの静けさのなか　ひそやかに殻を脱いだのかしら。無事に終え　ほっと一息ついている小蟹のおだやかな呼吸が　見守っているわたしにも伝わってくる。

マッチ棒の先ほどの目も　針のように細いはさみの先までマジシャンの手にかかったように皮を脱いでいる。こんなにもさっぱりと全身の皮が脱げたなら心もまっさら。目に映る世界はどんなに新鮮に見えることだろう。はなだ色の空を映した一しずくの水が小蟹の背を洗う。わたしは思わず小蟹の背にふれた。ああ　全身のエネルギーをしぼり切ったあわいふわふわのあやうい甲羅《こうら》よ。脱皮とはこんなにも厳《おごそ》かな儀式だったのか。

夜明けの庭へわたしを呼び出したのは誰れだろう。小蟹の脱皮を通して心の脱皮の意味を問いかけてきた大いなるものの意志は何だろう。目ざめたばかりの小鳥のさえずりが聞こえてくる。脱皮した小蟹への祝福の歌声のように。

生命のきらめき・神秘をうたう　―成本和子詩集に寄せる―

詩人　野呂《のろ》　昶《さかん》

なんとみずみずしく、爽やかで温かなポエジーでしょうか。レモンのしずくが滴るような、まっ青な空にいのちの歌が光になって、響き合っているような、そんな感慨を私はこのたびの成本和子さんの詩集から受けました。それは詩人の温雅で誠実なお人柄と共に、この世の美しいもの・よいものを、まっ直ぐに見つめる澄んだ瞳、日常のなんでもない自然現象や出来ごとの中から、そこに隠されている真実を見つけだし、ポエジーに結実する鋭い感性なくしてはあり得ないことでしょう。

巻頭の作品『ヒバリ』を見てみましょう。

空の高いところで、点のようになって、高い声でさえずるヒバリ。その声は太陽の光にそめられ、金のいろになって降りそそぐのです。

声　ふる　ふる　ふる／しぶきとなって

この言葉に誘われて空を見上げると、ヒバリの金の声がしぶきとなって、頭上にまぶしく降ってくるのを感じます。その声はいのちそのもの、いのちのよろこびが　しぶきとなって降りそそいでいるのです。「ピチクル　ピチクル　ピチクル」「ふる　ふる　ふる」言葉の視覚的な変容・配置も、情景を目に見えるように　いきいきと表現するのに役立っています。ヒバリの声は、たてから、横から、ななめから降りそそぎ、空にはじけ、地上に下りてくる時には、よろこびそのものになっているのです。こうした光景を詩人は、簡潔で平明な言葉で表現しています。表現が簡潔であればあるほど、ポエジーの透明度は増し、情景がいきいきと読者の心にせまってきます。

声　ふる　ふる　ふる／ひかりとなって／みずいろの空から／ピチクル／ピチクル／ピチクル／いのちの声／／
空は大きな耳となる

この二連のフレーズは、一連の感動をより内面的に重層化していますが、私は終句の「空は大きな耳となる」に心を大きくゆさぶられました。それは広大な空・宇宙から　耳をそばだてているものの存在を言っているのです。それは私達をとりまく森羅万象の創造主といってもいいでしょう。その大いなる存在がヒバリの声を全身を耳にして聞いています。なにを聞いているのでしょうか。それは「この世のありとあらゆるものは、命あるもの無いものを含め、それぞれが、存在そのものを輝かせて幸せに生きたいと願っている」そのことではないかと思います。この作品は、明るく平明にヒバリの声の美しさ、輝きをうたいながら、実は宇宙の深遠・哲理をうたっているのです。

『かみさまのメモ』を見てみましょう。

蝶《ちょう》の羽のもようは／かみさまの記《しる》されたメモ／光のなかに透《す》かしてみると／かくされている謎《なぞ》の文字《もじ》／浮かびあがってくるかしら／／風にほほえむ／かのこゆりの花びらのなかにも／波にさまよう／さくら貝のからのなかにも／闇《やみ》を吸いほのかにひかる／ほたる石のなかにも／ひそやかに描《えが》かれているメモ／／ああ　手をひらいてみると／てのひらのなかにも／水脈《すいみゃく》のように刻《きざ》みこまれている／かみさまのたいせつな／たいせつなメモがある

「蝶の羽のもようは／かみさまの記《しる》されたメモ」ほんとうにそうだと思います。あげは蝶やもんしろ蝶の羽に描かれた文様は、神秘な美しさに充ち、未知の世界にひきこまれていく怖れさえ感じます。その文字は、私達が使うものとは異種の文字ですが、蝶たちや神さまには判っているのでしょう。世の中にはそうした神秘な未知の文字が無数にあることを、詩人は胸をときめかせてうたっています。その謎の文字は、「かのこゆりの花びらのなかにも」「さくら貝のからのなかにも」「ほたる石のなかにも」「ひそやかに描《えが》かれている」のです。

私達が目を大きく開け、まわりをよく観察さえすれば、この世が神秘に充ち、よいもの・美しいものが無数に輝いていることを、このフレーズは語っています。そして、その神秘な神さまの文字は、なによりも私達人間の手のひらのなかにも、ちゃんと描かれているのです。

ああ　手をひらいてみると／てのひらのなかにも／水脈《すいみゃく》のように刻《きざ》みこまれている／かみさまのたいせつな／たいせつなメモがある

成本和子さんの作品は、このように子どもの目でその心象風景をいきいきととらえ、現実と幻想がいりまじった、もう一つの美の世界を切り開いているのが特長です。詩の素材をまず心象の奥深くに取りこみ、独自の感性によって充分に濾過し、そこに隠されている美や感動を意識の明るみの中に掘り起す、そういう作風であるということができるでしょう。この詩集は四章から成っていますが、どの作品も発想や表現に独自の発見があり、ほんとうの芸術のみが持つ深い感動がいきづいています。この美しい詩集の誕生を多くの読者と共に喜びたいと思います。

あとがき

一日いちにちの暮らしのなか、はっと胸にひびいてきたことを『ときめきノート』と名付けたノートへ書き留めるようになってから、ずいぶん長い歳月を重ねてきました。

振り返ってみると、子どものころから、自然のなかの小さな動植物などを、じっと見つめることが好きでした。たとえば、蝶や蟬の羽化、貝や小石に刻み込まれている模様などです。

小学一年生の私はミカンの木の下で息をひそめ、目の前ではじまったばかりのアゲハ蝶の羽化を、まるで小さなパントマイムでも見つめているような気持ちで眺めました。幼かった私は、この感動を言葉としては表現できませんでしたが、まぶたのシャッターで心のフィルムに写した光景は、今も木かげのきめ細やかな風の感触とともに甦ってきます。

国民学校五年生のころでした。海辺で手にしたアサリの模様に驚きました。ひとつとして同じ模様はありません。ゆかたの模様にしたいような涼やかな波模様、貝の生まれたふるさとの風景を写し込んでいるのでしょうか。一つひとつに海の物語が、きらきらひかるガラスのペンで刻み込まれているようです。

また、よく熟れた柿の種を偶然、まふたつに切ってしまった時はどきっとしました。種のなかには、ろうのように白っぽい柿の木の芽が、きちんと用意されているのを見て、何とも言えない神神しい気持ちになり、一本のローソクと思えてしまったのです。この世はなんと不思議な美しさ、驚きに満ちあふれているのだろうかと、胸がおどりました。

夕空を見上げるのも、子どものころから好きなことのひとつでした。再び眺めることのできない、その日のフィナーレを飾るにふさわしい夕やけ。胸にとび込んできた光景に（ああ、この背後には何かがある。何か大切なことが、きっと秘められている）と神秘的なものを感じるようになりました。この答えのない問いは、今もずっと続いており、詩を創る原動力のひとつになっているように思えてなりません。

『ときめきノート』にも夕空の書き込みが、たくさん並んでいます。すみれ色の帯をしめている桃色の夕陽、紅色のワイングラスのなかにいるような澄み渡った夕空、あかね色の夕空にうす紫の羽衣をひるがえし、三人の天女が舞っている三分間の天空ショーなどと書き留めています。

太平洋戦争、戦後の厳しい時代を乗り越え、おとなになってから、特に赤ちゃんや動物の瞳、そして寝顔に心惹かれるようになりました。赤ちゃんにかぎらず、生きものの寝顔には、人の心を素直にする何かが秘められているように思われます。

あの、たっぷりと眠って、ぱちっと目ざめた赤ちゃんの顔の表情は、どうたとえたらよいでしょうか。
だれもまわりにいなくても、静かに止まっているオルゴールメリーの小鳥や兎に「ウックン　ウックン」と語りかけています。目に見えるもの、目には見えないもの、あらゆるものに通じる赤ちゃん専用のウックン言葉で呼びかけています。そして、胸の上にかざしている自分の手に見入ります。ぷっくりとした指の動きは、何物にもとらわれない赤ちゃんの心そのもののように自由に宙を泳ぎます。まっさらの指から不思議な形が生まれます。まさに赤ちゃんが咲かせる指の花と思ってしまいます。

以前のこと、ある小児科の先生からうかがったお話のなかに、赤ちゃんのうなじのあたりから、いい香りがただよってくるのは、抱っこして母乳を与えるお母さんの心が、おだやかになるようにと神さまが授けて下さった贈り物という意味のことがありました。（ああ、そうだったのか）と自分の経験からも深く納得させられるものを感じました。

昨日の『ときめきノート』には、月下美人の花のことを記しました。卵のような蕾がほわぁとほどけると、花びらは純白の羽根、花芯からすべりでる何十本もの雄しべは豪華なレース、開きはじめてからおよそ三時間、ふうと花の息を感じると満開。ここにいるのは白クジャク。これが真の魔法というものでしょうか。今朝、部屋にただよう、かすかな残り香に、詩の持つ余韻を重ね合わせたのでした。

詩集に収めました詩の多くは、『子どものための少年詩集』、『日本児童文学』『児童文芸』誌、同人誌『いちばんぼし』などに発表した作品です。なかには少し手を加えた作品もあります。

これからも、（この背後には何かがある、これを探っていけば何かがつかめるかも……）と直感したことを『ときめきノート』に書き留め、想像のつばさではばたかせ一篇の詩作品に昇華できればと思います。あの子どものころの軽やかにスキップできた感覚を呼びさまし、自分にふさわしいシジミ蝶ほどの羽をつけ、はばたくことができたならと願います。

詩集を出版するにあたり、心温かな励ましのお言葉をいただきました詩人の野呂昶先生、詩集に美しい彩りを与えて下さいました畑典子さま、お世話になりました「てらいんく」の佐相伊佐雄さま、みなさまに心より厚くお礼を申し上げます。

二〇一〇年　初秋

成本和子

成本和子（なるもと　かずこ）
1932年　岡山県に生まれる。詩集に『ねむねむのひつじ』（らくだ出版）『生まれておいで』（教育出版センター）『成本和子詩集』（てらいんく）など。保育絵本に『むしのびょういん』『ふるふるぼうず』『くろねこギャッグ』『にじのエスカレーター』『しっぽまがりは　まほうねこ？』『はてなの　のはらへごしょうたい』『フナやドジョウの　こえがきこえた』（フレーベル館）など。「日本童話会奨励賞」「岡山市文化奨励賞」「岡山県教育関係功労賞」「聖良寛文学賞」など受賞。平成21年度　北海道公立高等学校入学者選抜学力検査問題に詩「蝶　はばたく朝」が使用された。「日本児童文学者協会」「日本児童文芸家協会」「まほろば21世紀創作歌曲の会」童謡誌「とっくんこの会」「いちばんぼし童話の会」会員。

畑典子（はた　のりこ）
東京生まれ。セツモードセミナー卒業後、フリーのイラストレーターに。
日本児童出版美術家連盟会員。
1987年、第七回「詩とメルヘン」イラストコンクール佳作受賞。
1993年、ギャラリーハウスマヤにて個展。
2003年、ピンポイントギャラリーにて個展。
2005―6年、高島屋各店、インテリアアートギャラリーにて原画、版画展。
2009年、ピンポイントギャラリーにて2人展
野呂昶詩集『薔薇のかおりの夕ぐれ』（てらいんく）表紙・さし絵
『二十四の瞳』（角川文庫）表紙
絵本「ミーナのほしのころも」（サンパウロ出版）

子ども　詩のポケット　41
りんごあかり
成本和子詩集

発行日　二〇一〇年十一月十日　初版第一刷発行
著　者　成本和子
装挿画　畑典子
発行者　佐相美佐枝
発行所　株式会社てらいんく
〒二一五-〇〇〇七　川崎市麻生区向原三-一四-七
TEL　〇四四-九五三-一八二八
FAX　〇四四-九五九-一八〇三
振替　〇〇二五〇-〇-八五四七二
印刷所　株式会社厚徳社
2010 Printed in Japan
 ISBN978-4-86261-079-9 C8392
落丁・乱丁のお取り替えは送料小社負担でいたします。
直接小社制作部までお送りください。